NOUVEAUX PROCÉDÉS

D'IRRIGATION

DE

DESSÈCHEMENT ET DE DRAINAGE

SPÉCIALEMENT APPLICABLES

À LA GRANDE ET A LA PETITE INDUSTRIE AGRICOLE

—

APPAREILS

SERVANT A RÉGULARISER L'ÉCOULEMENT
DES LIQUIDES ET LEURS APPLICATIONS A L'INDUSTRIE AGRICOLE
ET MANUFACTURIÈRE

PAR

C. Théodore TIFFEREAU

Ancien élève,
et préparateur de chimie à l'école professionnelle de Nantes.

Prix : 1 fr. 50 c.

*

PARIS

F. CHAMEROT, LIBRAIRE-ÉDITEUR,

RUE DU JARDINET, 3.

1854

NOUVEAUX PROCÉDÉS

D'IRRIGATION

DE

DESSÉCHEMENT ET DE DRAINAGE

SPÉCIALEMENT APPLICABLES

A LA GRANDE ET A LA PETITE INDUSTRIE AGRICOLE.

APPAREILS

SERVANT A RÉGULARISER L'ÉCOULEMENT
DES LIQUIDES ET LEURS APPLICATIONS A L'INDUSTRIE AGRICOLE
ET MANUFACTURIÈRE.

MÉMOIRE

présenté à la Société centrale d'agriculture et à la Société d'encouragement

PAR

C. Théodore TIFFEREAU

Ancien élève
et préparateur de chimie à l'école professionnelle de Nantes.

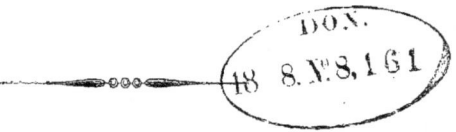

PARIS,

IMPRIMERIE DE L. MARTINET,

RUE MIGNON, 2.

1854

Chaque exemplaire est revêtu de ma griffe.

INTRODUCTION.

Dans l'exposé que je fais de mes nouveaux procédés d'irrigations et de drainage principalement à l'usage de la grande industrie agricole, je n'ai pas la prétention d'avoir résolu le problème ; je crois seulement pouvoir me flatter de m'y être dévoué et d'avoir contribué à hâter sa solution. Fils de cultivateur, élevé au milieu des champs, j'ai pu de bonne heure me pénétrer de toute l'importance de cette question. Ne disposant d'aucun capital, j'ai dû me borner à méditer, à combiner par le travail de la pensée, quelques appareils en attendant les moyens d'en réaliser les applications pratiques. Dans mes voyages au Mexique, tout en poursuivant la solution d'un autre problème, celui de la transmutation des métaux, problème, il est vrai, beaucoup moins important, mais qui devait en cas de succès, mettre à ma disposition de puissants moyens d'action, je ne perdais pas de vue mes projets d'irrigation et de drainage ; je fis même à Mazatlan et à Alamos quelques essais en petit pour élever l'eau ; l'impossibilité de me faire construire des appareils convenables me força d'y renoncer tout à fait.

Quoique j'aie résolu le problème de la transmutation des métaux en obtenant artificiellement de l'or, résultat qui, sous un point de vue, comblait mes espérances, mes efforts n'ont pas encore atteint complétement leur but ; mes procédés sont trop peu perfectionnés ; je consacre à leur amélioration tous les moyens et tout le temps dont je puis disposer.

Je me suis adonné de bonne heure aux choses positives, j'ai négligé peut-être à tort les autres parties des sciences, n'y voyant rien à faire qui fût d'une importance prépondérante pour mon pays. Tel a été mon motif pour m'appliquer à la recherche des meilleurs procédés d'irrigation, en même temps qu'à celle de la transmutation des métaux ; ces deux branches de l'industrie offrent et offriront longtemps encore un champ immense à moissonner, pour le bien-être et la prospérité de tous.

Durant mes pérégrinations à l'intérieur du Mexique, ma pensée était de plus en plus attirée vers les irrigations ; sous ce climat brûlant, sans irrigation, pas de culture possible : aussi les habitants de ce pays savent-ils utiliser l'eau partout où elle existe ; le moindre filet d'eau, la moindre source d'eau vive, rien ne leur échappe. A défaut de cours d'eau naturels, ils construisent des digues pour retenir les eaux qui tombent pendant la courte saison des pluies ; ils forment ainsi des sortes de réservoirs artificiels d'une grande étendue qu'ils dessèchent ensuite pour en employer les eaux à fertiliser leurs champs. Près d'un de ces lacs artificiels construit aux environs de Léon, près Guanajuato, lors de mon séjour dans ce pays, une des digues ayant été rompue par la force des eaux, tout un petit hameau a été entièrement détruit et plusieurs personnes ont été victimes de cette catastrophe. Nous, quand nous desséchons nos lacs, nous en dirigeons les eaux vers la mer, sans en retirer aucun effet utile : pourquoi ne ferions-nous pas comme les Mexicains? ils réalisent deux bénéfices au lieu d'un.

Dans ces procédés que j'ai l'honneur de soumettre au public, j'ai cherché avant tout des moteurs simples, à la portée de la grande et de la moyenne culture, et j'ai voulu éviter l'emploi du combustible.

Je serai heureux si mes faibles efforts peuvent servir à d'autres pour faire faire un pas de plus à cette importante question. Je suis prêt, dans l'intérêt de l'agriculture, à abandonner à une compagnie qui voudrait les exploiter, mes procédés pour lesquels je me suis fait breveter.

THÉODORE TIFFEREAU.

NOUVEAUX PROCÉDÉS

D'IRRIGATION, DE DESSÉCHEMENT ET DE DRAINAGE

SPÉCIALEMENT APPLICABLES

A LA GRANDE ET A LA PETITE INDUSTRIE AGRICOLE.

Dans la pratique des arts utiles, l'une des plus grandes difficultés à surmonter, c'est celle de se procurer un moteur économique. Il est une foule d'usages industriels auxquels la vapeur ne peut s'appliquer, soit à cause du prix élevé des machines, soit en raison des frais indispensables pour les faire fonctionner, soit enfin parce que leur emploi exige des connaissances hors de la portée d'un grand nombre d'industriels.

Les causes que je viens d'exposer placent l'agriculture parmi les industries qui ne peuvent utiliser, quant à présent, la force de la vapeur. Le travail des champs, par sa nature, n'admet pas l'emploi des machines à l'usage des autres industries ; il lui faut des outils simples, à la fois peu coûteux et d'une grande puissance ; il faut surtout que ces outils n'exigent pas de grandes réparations.

D'un autre côté, d'immenses terrains inondés sont enlevés à la culture, leur desséchement devant

entraîner des frais hors de toute proportion avec
le bénéfice résultant de leur mise en valeur. Vive-
ment préoccupé de cet état de choses, j'ai étudié
des moyens nouveaux de pratiquer l'irrigation, le
desséchement et le drainage ; je me suis proposé
de profiter pour élever l'eau, de la force ascensionnelle du plus léger des gaz, l'hydrogène. Je ne me
suis pas dissimulé les difficultés d'application d'un
pareil système ; mais j'espère les avoir heureuse-
ment surmontées, ou du moins avoir trouvé et
indiqué les moyens de les vaincre ; l'expérience
viendra plus tard apporter à mes procédés le der-
nier degré de perfectionnement qui doit en faciliter
et en multiplier les applications.

EXPOSÉ DU PROCÉDÉ POUR ÉLEVER L'EAU PAR L'INTERVENTION D'UN AÉROSTAT.

L'appareil se compose essentiellement d'un
aérostat muni de son filet, et suffisamment gonflé
de gaz hydrogène ; la place de la nacelle au-dessous
de l'aérostat est occupée par une plate-forme
d'assez grandes dimensions ; un peu plus bas est
adapté un réservoir d'une capacité en rapport avec
la force ascensionnelle du gaz. J'obtiens au moyen
de contre-poids convenablement disposés, l'équilibre de tout l'appareil.

Supposons que ces arrangements pris, il s'agisse
d'élever à une hauteur donnée une masse d'eau

d'un volume quelconque ; voici comment on procède : sur le bassin ou le réservoir contenant l'eau à élever un pont de charpente est d'abord établi ; une ouverture est ménagée au centre de ce pont pour le passage du réservoir mobile attaché au ballon ; des crampons de fer servent à fixer au besoin la nacelle ou plate-forme sur ce même pont. Un autre pont de charpente s'avançant au-dessus de l'eau, est élevé sur le bassin ou le réservoir qu'il s'agit de remplir. — Le ballon portant sa plate-forme et son réservoir est équilibré et suspendu verticalement au-dessus du pont inférieur. On fait descendre l'appareil par l'ouverture centrale de ce pont; la nacelle ou plate-forme est pendant ce temps arrêtée à la hauteur convenable; le fond du réservoir mobile étant en contact avec le liquide, ce réservoir se remplit au moyen d'une soupape ouvrant de bas en haut. Alors, au moyen d'un cable s'enroulant sur une poulie, et à l'aide d'une moufle, on agit sur l'appareil pour faire sortir le réservoir de l'eau, et vaincre son adhérence avec ce liquide. Le réservoir mobile une fois tiré hors de l'eau, et la plate-forme détachée des crampons, l'appareil s'élèvera en raison de ce qui lui restera de force ascensionnelle; il n'en devra conserver que très peu, afin que l'ascension puisse être arrêtée à volonté sans difficulté. La nacelle ou plate-forme étant amenée au niveau du pont supérieur, elle y sera fixée, puis, au moyen d'un conduit mobile, le réservoir du ballon sera mis en communication avec le bassin qu'il s'agit de remplir. Pendant qu'en ouvrant la soupape du réservoir, l'eau s'écoule dans le bassin, des bœufs sont amenés sur la plate-forme tenant lieu de nacelle ; leur poids doit être égal à celui de l'eau écoulée. Le réservoir mobile étant vide et la nacelle-plate-forme, chargée des bœufs d'un poids égal à celui de l'eau retirée du réservoir, la plate-forme est détachée ; puis en faisant agir le câble, l'appareil est abaissé et amené sur le pont inférieur. Dès que le fond du réservoir mobile est en contact avec l'eau, la plate-forme est fixée à ses crampons ; les bœufs en sont retirés pendant que le réservoir mobile se remplit de nouveau ; enfin le renouvellement de la même manœuvre produira un déplacement d'eau continu. On comprend qu'à chaque manœuvre, les bœufs passent d'un réservoir à l'autre en suivant une rampe ménagée à cet effet, pour être toujours prêts à prendre place sur la nacelle-plate-forme.

Des chiffres rendront plus sensibles les résultats de ce système de déplacement de l'eau. Si l'on emploie un ballon d'une capacité de 600 mètres cubes, ce ballon, d'après les densités proportionnelles de l'air et du gaz hydrogène, pourra enlever un poids de 780 kilog. outre celui du gaz et de l'appareil lui-même ; un poids de 780 kilog. d'eau pourra donc être élevé à chaque évolution ; il est

facile de faire quatre évolutions par heure, soit
pour une journée de douze heures, quarante-huit
évolutions ; 37,440 kilog. d'eau peuvent donc en
un jour être élevés à la hauteur de 15 mètres ; on
peut même aller au delà, sans avoir à augmenter
la force motrice.

A part le prix d'acquisition du ballon, celui du
gaz pour le remplir, et les frais de premier éta-
blissement, la dépense se réduit à la journée de
deux hommes et de deux bœufs, soit à peu près à
cinq francs par jour. Ce prix revient à environ
quinze à vingt centimes par tonneau, en tenant
compte de l'intérêt du capital, de la main-d'œuvre,
de l'entretien et de tous les faux frais.

En comparant ce prix à celui du service des
machines ordinairement employées par l'industrie
et aux dépenses exorbitantes des travaux de drainage et d'épuisement, on pourra se former une
juste idée des avantages de mon procédé. Restent
les difficultés pratiques du premier établisse-
ment.

L'hydrogène pourra être produit par l'un des
procédés connus; on pourra même faire usage
pour remplir le ballon d'hydrogène carboné. Si
le gaz provient de la décomposition de l'eau, le
sulfate de fer résultant de l'opération pourra être
utilisé, soit pour la préparation des engrais, soit
pour divers usages industriels ; on pourra de même
utiliser le coke, si l'on se sert du gaz hydrogène

carboné provenant de la combustion de la houille. L'enveloppe du ballon étant hermétiquement close et parfaitement imperméable, une surveillance exacte suffira pour prévenir les fuites de gaz; le ballon pourra être logé sous un léger abri supporté par trois bras de charpente.

Si l'appareil doit être employé à l'arrosage, on voit, par ce qui précède, qu'il peut être rendu facilement transportable; il suffit, à cet effet, de lui donner de faibles dimensions et de l'équilibrer par le poids de deux hommes armés de *brassières,* poids ajouté à celui du réservoir, lorsque par l'écoulement de son contenu il se trouvera vide. Par un temps calme, un appareil de ce genre pourra sans aucun obstacle transporter à d'assez grandes distances 100 litres de liquide à chaque voyage. On peut obtenir un résultat encore plus satisfaisant en remplaçant les deux hommes dont j'ai parlé plus haut, par deux animaux d'un poids plus considérable; un lest quelconque peut au besoin être ajouté au poids des hommes et des animaux.

Des dispositions que je viens de décrire, et sans qu'il soit nécessaire, pour chaque cas particulier, d'entrer dans des détails minutieux d'exécution, ces détails étant d'ailleurs simples et faciles à comprendre, il me semble résulter clairement que mon appareil peut être utilisé pour les usages suivants :

1° Dans les canaux de navigation , élever l'eau du bief inférieur au bief supérieur.

2° En rendant l'appareil portatif, ainsi que je l'ai indiqué, arroser les cultures de toute sorte.

3° Épuiser l'eau des marais à dessécher, épuiser l'eau des mines, en extraire le minerai.

4° Pratiquer en grand l'irrigation.

5° Distribuer l'eau dans toutes les grandes parties d'une grande fabrique, au besoin dans tous les quartiers d'une ville.

Pour toutes ces applications, les avantages de mon appareil parlent d'eux-mêmes; pour l'irrigation, il permet de disposer pour ainsi dire de la pente naturelle des terrains, en évitant des frais ruineux de terrassement; pour le drainage, les mêmes tuyaux mobiles pourraient servir partout au besoin sans dépense importante, et de plus, l'aspérité des terrains ne jouera plus qu'un rôle secondaire comme obstacle à l'écoulement des eaux par ce procédé.

Veut-on appliquer mon appareil à l'arrosage, le meilleur, sans contredit, des procédés d'irrigation, mais en même temps le plus difficile et le plus coûteux dans la pratique? L'emploi de ce moyen tourne les difficultés, quelles qu'elles soient, résultant de la configuration du terrain à arroser ; il permet de distribuer très également sur les cultures l'eau ou les engrais liquides en forme de pluie aussi divisée qu'on peut le juger nécessaire; il suffit d'élever l'appareil à hauteur convenable. Si l'on veut que l'eau soit distribuée par un écoulement constant et régulier, un siphon flotteur modifié établi dans le réservoir mobile, produira cet effet à volonté.

Enfin l'appareil peut être installé partout; sans frais excessifs, et celui qui l'adopte n'a plus à se préoccuper ni du combustible, ni de l'entretien des machines avec l'intervention ruineuse d'un habile mécanicien de profession.

Dans le procédé qui vient d'être décrit pour élever l'eau, l'emploi des animaux peut être supprimé au moyen d'un second ballon vide fixé au sol; le même effet peut être obtenu mieux encore par un réservoir à gaz semblable à ceux qu'on emploie dans les usines. Un conduit muni d'une soupape et d'une longueur proportionnée à la hauteur à laquelle doit s'élever l'appareil, met en communication le réservoir à gaz ou gazomètre avec le ballon. Sur le conduit j'adapte une machine à faire le vide, pour transverser le gaz du ballon dans le gazomètre, ou mieux, je fais servir directement le gazomètre lui-même comme machine à faire le vide. Dans ce but, au moyen d'une grue ou d'un système de poulies et de moufles, j'aspire le gaz du ballon en soulevant successivement la cloche du gazomètre au-dessus de l'eau, jusqu'à ce que le ballon, par la perte de son gaz, s'abaisse suffisamment pour opérer le remplissage du réservoir mobile. Alors on cesse d'agir sur la grue, et l'on ouvre la soupape du tuyau de conduite. Le gaz s'élance dans le ballon par sa seule force d'ascension qu'on peut accroître en exerçant sur le gazomètre une pression convenablement ménagée. Le ballon, rempli de nouveau, s'élèvera avec sa charge vers le réservoir supérieur, dans lequel sera versé le contenu du réservoir mobile, pour continuer ensuite la manœuvre telle qu'elle a été indiquée. Afin d'utiliser toute la force ascensionnelle du gaz, j'équilibre, comme il est dit ci-dessus, tout le poids de l'appareil élévatoire. Ce mode d'opérer permet de réaliser plusieurs avantages : il donne à l'appareil toute la force désirable pour qu'il n'y ait point de perte de gaz. La force, une fois acquise, reste constante; le gaz est emmagasiné au moment voulu ; la force produite est exactement celle dont on a besoin; le gazomètre peut servir de machine à faire le vide. Enfin lorsqu'on opère de la sorte, il ne coûte pas plus pour élever l'eau en cas de besoin de 15 à 25 mètres, et même au delà.

On voit que ce procédé est à la fois d'une application simple et facile dans la pratique, et très peu dispendieux. Moyennant quelques détails d'appropriation, l'appareil pourra s'appliquer à presque toutes les opérations dont j'ai donné plus haut la liste. Avec peu de modifications, la vapeur surchauffée ou l'air raréfié peut remplacer le gaz.

AUTRE PROCÉDÉ PARTICULIÈREMENT APPROPRIÉ
AUX CONDITIONS DE LA PETITE CULTURE.

Ce procédé est basé sur l'utilisation du poids de l'homme ou de celui des animaux.

Mon appareil pour cet usage est une grande roue à chevilles, semblable à celles qui servent aux environs de Paris à l'extraction des pierres à bâtir. Cette roue est établie au-dessus du bassin contenant l'eau qu'il s'agit de déplacer; des hommes montent sur les chevilles comme sur une échelle; le poids de leur corps fait tourner la roue et force le câble supportant le réservoir mobile à s'enrouler autour de l'axe de la roue auquel il est fixé. Le réservoir mobile arrive ainsi à la hauteur du bassin supérieur dans lequel est versée l'eau qu'il contient. Le réservoir mobile étant vidé, redescend au niveau du bassin inférieur, se remplit par sa soupape ouvrant de bas en haut, et remonte pour se vider de nouveau, par la même manœuvre.

Pour produire le même effet en employant le poids des animaux, je me sers de cette même roue dont les chevilles sont disposées sur la circonférence, de manière à maintenir au milieu de sa largeur, sillonnée d'une rainure au besoin, un câble supportant à l'une de ses extrémités le réservoir mobile. A l'autre extrémité est fixée une plateforme sur laquelle montent les animaux dont le poids doit faire équilibre au réservoir plein. La longueur du câble est calculée pour que, quand le réservoir mobile est au niveau de l'eau, la plate-forme se trouve au niveau du bassin supérieur qu'il s'agit de remplir. Lorsque le réservoir mobile est rempli, les animaux, dont le poids doit être un peu supérieur à celui du réservoir plein, sont amenés sur la plate-forme ; le réservoir plein s'élève alors au niveau supérieur, pendant que la plate-forme portant les animaux descend au niveau inférieur de la prise d'eau, sur un bâti en charpente établi pour la recevoir, et auquel la plate-forme est fixée. Les animaux quittent alors la plate-forme et retournent au bassin supérieur. Le réservoir mobile étant vidé, la plate-forme inférieure sera détachée ; devenue plus légère, elle s'élèvera au niveau supérieur, et le réservoir vide viendra se remplir à la prise d'eau, par le jeu de sa soupape. La manœuvre continuera sans interruption, pour opérer le déplacement de toute la quantité d'eau nécessaire. Un seul ouvrier et un seul bœuf ou tout autre animal dressé à ce service, suffisent pour faire fonctionner cet appareil. Il est entendu que toutes les dispositions de sûreté auront été prises pour rendre les accidents impossibles. Il importe surtout d'empêcher pendant la descente l'accélération de la vitesse par l'excès de poids qu'on aura dû laisser au départ. De petits leviers à contre-poids seront établis à différentes hauteurs ; la plate-forme, dans sa descente, rencontrera ces leviers, et sa marche en sera suffisamment ralentie.

L'appareil construit en charpente se démonte et se transporte à volonté; il peut ainsi servir, soit pour l'irrigation, soit pour le drainage des terres cultivées; il peut distribuer dans une ferme, une usine, une fabrique, un village entier au besoin, tout comme il peut être employé à élever des fardeaux ou des matériaux de constructions.

Le poids des animaux peut aussi être employé d'une manière analogue à celui de l'homme agissant par son poids sur la roue à chevilles. Je remplace, à cet effet, cette roue par une roue creuse, d'une épaisseur et d'une capacité suffisantes pour pouvoir renfermer un ou plusieurs animaux de service; ils sont introduits au moyen d'une trappe ménagée dans la circonférence de la roue, trappe qu'on referme dès que les animaux sont entrés. L'intérieur de la circonférence sera disposé de manière que les animaux de service puissent y marcher en montant et faire aussi tourner la roue, absolument comme le feraient des hommes marchant extérieurement sur la circonférence de la roue à chevilles. Lorsqu'on aura besoin d'une force plus considérable, deux roues pourront être établies sur le même axe, ou bien une seule d'une largeur suffisante et divisée en compartiments pour le service des animaux. Le diamètre de cette roue sera le plus grand possible, pour faciliter le travail des animaux.

L'appareil peut recevoir les mêmes applications
utiles que ceux que j'ai précédemment décrits.

Un mot maintenant sur les irrigations et le drainage par des procédés qui permettent, comme on
sait, d'employer des tuyaux mobiles et réduisent
presque à rien les travaux de terrassement et de ni-
vellement. Il faut, à cet effet, élever l'eau à une
hauteur suffisante, puis établir un conduit pour la
faire arriver dans la partie la plus haute du terrain
qu'on se propose d'irriguer ; de ce point, l'eau est
distribuée au moyen de rigoles disposées confor-
mément à la pente du terrain.

D'autres tuyaux secondaires seront, au besoin,
adaptés sur le conduit, pour irriguer, par exemple,
des portions de terrain moins élevées, ayant des
pentes différentes. Je crois inutile d'entrer dans
de plus grands détails, pour l'éclaircissement des-
quels des plans seraient nécessaires ; on comprend
que les aspérités du terrain peuvent faire varier à
l'infini les dispositions des tuyaux.

En résumé, un conduit principal, muni d'ouver-
tures latérales, devra toujours être établi, des tuyaux
secondaires seront ajustés au besoin sur ces ouver-
tures ; ils pourront être de toile imperméable ou
de toute autre matière.

Pour pratiquer le drainage, il suffira de faire
arriver l'eau dans la partie la plus basse du terrain,
on y creusera un petit réservoir, sur lequel fonc-
tionnera l'un des appareils à élever l'eau ; on devra

élever l'eau à une hauteur telle, qu'en la déversant dans un réservoir en entonnoir communiquant au conduit disposé d'avance à cet effet, elle puisse s'écouler hors du terrain, en en surmontant les aspérités. Cette même eau pourra être utilisée, au besoin, pour l'irrigation des terrains élevés dont elle atteindra le niveau.

L'emploi de ces moyens d'irrigation et de drainage rend facile et peu dispendieux la pose et l'entretien des tuyaux, même quand on se sert de tuyaux de terre cuite; au contraire, lorsqu'on les pose à demeure fixe selon une pente déterminée, les frais de pose et d'entretien des tuyaux sont infiniment plus élevés.

Le cultivateur doit, en effet, supporter avec le drainage ordinaire, des dépenses continuelles pour obtenir un desséchement régulier; ces dépenses détournent un grand nombre de cultivateurs de la pratique du drainage, qui, non seulement exige la mise dehors d'un capital considérable, mais encore ne présente pas de garanties, les tuyaux étant exposés à se détériorer ou bien à s'obstruer en très peu de temps.

Mes procédés ont cela d'avantageux, qu'ils permettent de pratiquer l'irrigation et le desséchement des terres à très peu de frais, immédiatement là où l'on en a le plus urgent besoin. On peut les appliquer sans aucun délai, en attendant les grands travaux d'irrigation et de drainage qui doivent s'é-

tendre à tout le sol cultivable de la France. Mais
si l'on se croise les bras en attendant la réalisation
de ces gigantesques projets, nous pourrions être
exposés bien des fois à mourir de faim.

Adoptons la méthode en usage aux États-Unis :
essayons, s'il est possible, de pratiquer à peu de
frais les procédés qui peuvent donner des bénéfices
immédiats ; ces bénéfices serviront à mener l'œuvre
à sa perfection.

On a objecté à mon procédé, qu'il n'est point
applicable au drainage des terres, à proprement
parler, sauf, dans certaines circonstances particu-
lières, quand le sol à assainir est perméable à l'eau :
l'avantage principal du drainage, c'est, dit-on, de
donner de l'écoulement à l'eau superflue, stagnante
dans le sous-sol, excédant les besoins de la végétation, de sorte que toute la chaleur naturelle tourne
au profit des plantes dont elle hâte la croissance
et qu'elle amène rapidement à la maturité de leurs
produits, au lieu d'être employée en pure perte à
faire évaporer cette même humidité surabondante.

A cette objection, je réponds que, dans l'application de mon procédé, l'on peut multiplier à volonté les petits réservoirs et les faire communiquer
entre eux par des conduits souterrains ou bien encore par un tuyau mobile imperméable, fonction-
nant comme un siphon pour amener les eaux dans
le réservoir inférieur sur lequel serait établi l'ap-

pareil à élever l'eau. Chacun des petits réservoirs agissant autour de lui dans un diamètre plus ou moins étendu, suivant la nature du terrain, met en contact avec la végétation, pendant les sécheresses, une atmosphère continuellement humide ; de plus, ils permettent de n'enlever l'eau qu'au fur et à mesure du besoin, suivant ce qu'exige la température de la saison.

Lorsqu'on adopte le drainage ordinaire par des rigoles souterraines, les conduits ne peuvent être rapprochés au delà de certaines limites, sans des frais énormes, dont, après tout, les avantages ne sont pas très durables, l'entretien des conduits devenant à la longue très dispendieux.

Je pense que ce moyen d'assainir le sol ne peut être efficace que dans les pays où le sol a une grande valeur et où les chaleurs étant peu prolongées, l'atmosphère étant constamment saturée d'humidité, il y a nécessité de recourir au drainage, sans quoi les grains arriveraient difficilement à maturité.

Si l'on ajoute à cet avantage celui d'éviter toute perte de terrain, on comprend qu'en Angleterre les bénéfices provenant du drainage souterrain aient pu en compenser les frais.

Dans les pays tempérés comme le nôtre, l'effet utile du drainage à l'anglaise pourrait fort bien n'être que très médiocre ; ce drainage serait nuisible, au contraire, dans les pays exposés à des sécheresses sévères et prolongées.

Les terres arables sous un tel climat étant dés-
séchées peu de temps après la fin de la saison plu-
vieuse, s'il survient une période un peu longue de
sécheresse, les récoltes, à moins qu'elles ne puissent être arrosées, pourront être fort compromises
ou même entièrement perdues.

Dans ces contrées, il vaut mieux, je crois, que
les plantes cultivées aient à souffrir d'un excès
d'humidité que d'être exposées à périr par l'absence
absolue de l'eau.

Les végétaux, comme les hommes, supportent
mieux la faim que la soif. En tous cas, on ne doit
prendre pour guides que les indications de la pratique et les conseils de l'expérience.

RÉGULATEUR DE L'ÉCOULEMENT DES LIQUIDES

BASÉ SUR LE PRINCIPE DU SIPHON FLOTTEUR,

PRINCIPE SUR LEQUEL EST FONDÉE MON HORLOGE HYDRAULIQUE ADMISE AU
COURS DE PHYSIQUE APPLIQUÉ DONNÉ A LA SORBONNE.

Description. — La figure 1 représente l'élévation
de l'horloge vue de face. La figure 2 est une coupe
de l'horloge prise à angle droit, par rapport à la
figure 1.

Dans cette horloge, l'eau descendant du bassin
supérieur dans un petit réservoir à siphon inférieur E, fig. 1, fait osciller d'un mouvement rigoureusement isochrone, une petite bascule qui communique son mouvement par l'intermédiaire d'un

cliquet, à une roue à rochet, portant sur son axe
l'aiguille des minutes. Si la bascule accomplit une
oscillation toutes les dix secondes, le rochet qui,
dans ce cas, doit avoir 360 dents, avancera d'une

FIG. 1.

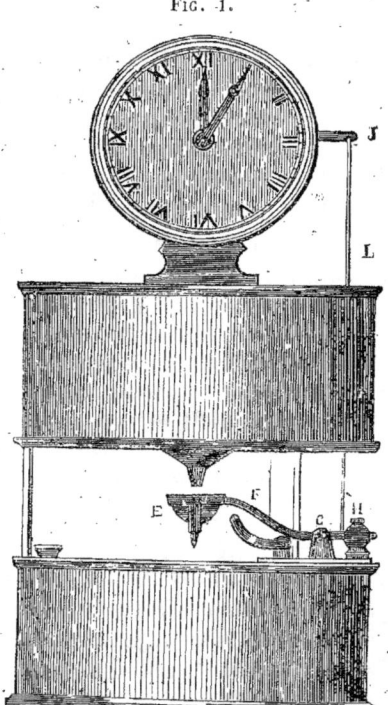

dent à chaque oscillation, et fera parcourir en six
petits sauts à l'aiguille, l'espace correspondant à
une minute. Au moyen d'une quadrature ordinaire,
le mouvement de l'aiguille des minutes est transmis
à l'aiguille des heures.

Le siphon A, fig. 2, est supporté par le flotteur BB ; il descend avec lui à mesure que l'eau se vide dans ce bassin ; la différence du niveau de l'eau, à son entrée et à sa sortie du siphon, reste invariable,

FIG. 2.

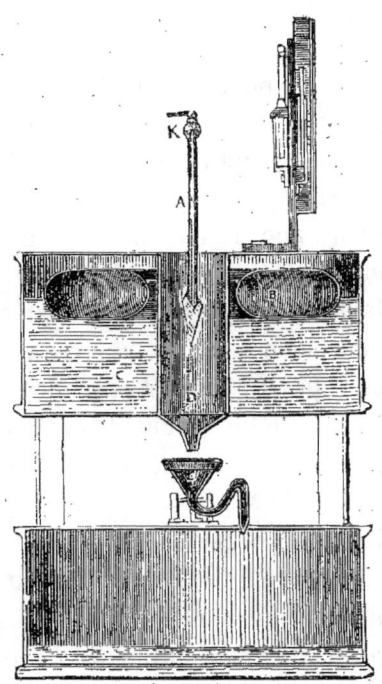

et par conséquent la vitesse est toujours la même. L'écoulement de l'eau peut être ralenti en fermant plus ou moins le robinet K du siphon. On peut d'ailleurs supprimer ce robinet ; dans ce cas, il suffit pour régler l'écoulement, d'élever ou d'abais-

ser le godet fixé par un pas de vis à l'extrémité de
la branche du siphon qui descend dans le tube D,
fig. 2, lequel traverse le vase C. L'eau s'écoule en
gouttelettes dans l'entonnoir qui termine ce tube;
elle tombe de là dans le petit réservoir à siphon E.
Le siphon de ce réservoir s'amorce aussitôt que
l'eau arrive à la courbure supérieure du siphon;
toute l'eau contenue dans ce réservoir s'écoule
promptement. La branche descendante du siphon
s'allonge en sifflet; elle a même une petite ouverture percée un peu au-dessus de la partie effilée,
dans le but de ménager toujours une issue à l'air
contenu dans le siphon, air refoulé par l'eau, qui
vient de nouveau remplir le réservoir.

Avec les explications qui précèdent, le jeu de
cet appareil est facile à comprendre. Le réservoir
à siphon E, fig. 1, est fixé au bout d'une tige F
qui bascule sur le support.

Un contrepoids H tient le godet relevé tant qu'il
est vide; à mesure qu'il s'emplit, l'eau emporte le
contre-poids; alors le réservoir à siphon descend
et reste dans cette position jusqu'à ce que le siphon
s'étant amorcé, l'eau s'écoule de ce vase.

Un battoir R sert à régler la quantité de mouvement que doit faire la bascule et fait fonctionner
le cliquet; celui-ci pousse le rochet qui fait mou-
voir les aiguilles.

Il suffit, pour monter cette horloge, d'alimenter
le bassin supérieur.

Je construis également, pour servir à la démonstration, de petites horloges de cristal, à cadran vertical et à chute uniformément intermittente. Le vase supérieur de l'horloge, dans ce cas, doit avoir plus de hauteur, afin que les divisions des heures puissent être marquées sur le cadran vertical, lequel sera fixé sur un siphon flotteur analogue au précédent, destiné à retirer l'eau du vase.

En se réglant, à cet effet, sur une bonne montre, on gradue le cadran une fois pour toutes, heure par heure ; l'irrégularité du vase ne peut plus dès lors influer sur l'indication de l'heure ; à mesure que l'eau s'écoule par le siphon à godets, les heures se lisent au niveau du couvercle. Les godets fixés aux deux extrémités du siphon le tiennent constamment amorcé, en même temps qu'ils empêchent les impuretés et les bulles d'air de pénétrer dans son intérieur.

Théorie du siphon à godets. — Cet appareil doit être considéré comme essentiellement formé de deux vases communiquant entre eux par le siphon. Le niveau étant le même de part et d'autre, il ne peut y avoir d'écoulement. Mais, du moment où l'on vient à faire plonger l'un des godets dans l'eau, la différence de niveau cessant d'être la même, l'eau commence à s'écouler immédiatement par l'autre godet. Le niveau de l'eau dans laquelle plonge la branche du siphon étant supérieur à celui de l'eau dans le petit réservoir, la contraint à y arriver pour reprendre son niveau; mais comme elle se déverse à mesure qu'elle y arrive, l'écoulement doit continuer tant que le niveau n'est pas le même des deux côtés. Si l'on élève par degrés le siphon de l'eau, on voit l'écoulement diminuer de plus en plus et finir par s'arrêter tout à fait dès que l'égalité des deux niveaux se trouve réalisée.

Dans l'horloge hydraulique, la différence des niveaux étant toujours la même, l'écoulement doit être rigoureusement constant, puisque la pression ne varie pas.

DU SIPHON FLOTTEUR ET DU SIPHON A GODETS. — LEUR APPLICATION AUX USAGES INDUSTRIELS.

Le siphon flotteur, en faisant varier ses dimensions, pourra être appliqué avec avantage aux écluses ainsi qu'aux barrages mobiles ou non, comme moyen de déverser les eaux superflues; l'écoulement pourra, selon le besoin, être augmenté ou diminué à volonté; il suffira d'abaisser ou d'élever plus ou moins le siphon sur le flotteur, effet facile à obtenir au moyen d'un petit cric fixé au flotteur et auquel le siphon serait attaché. Une soupape à levier peut être adaptée à l'une des extrémités du siphon, soit pour arrêter à volonté l'écoulement, soit seulement pour le régler.

On peut aussi donner à cet appareil une disposition différente, en ajustant à la branche du siphon destinée à déverser l'eau en dehors du barrage, une sorte de manchon formant godet, maintenu par une chaîne enroulée sur une poulie ; l'autre extrémité de la chaîne serait attachée au flotteur, ce moyen donnerait un écoulement constant et uniforme ; il suffirait pour rendre l'écoulement différent, d'abaisser ou d'élever le manchon ; l'écoulement pourrait même être arrêté quand le manchon serait élevé à une hauteur suffisante.

Le siphon flotteur de l'horloge, muni de ses deux godets, peut remplir les fonctions d'un robinet se fermant lui-même. Il suffit, à cet effet, d'élever le godet de la branche extérieure du siphon, au niveau de l'eau dans laquelle se trouve le flotteur ; la pression étant la même de part et d'autre, il ne pourra y avoir d'écoulement.

Pour faire fonctionner le robinet, on pèse sur le siphon avec assez de force pour qu'il s'enfonce dans le liquide ainsi que le flotteur. L'équilibre étant ainsi changé, l'écoulement a lieu ; il s'arrête subitement, dès qu'on cesse d'agir sur le siphon qui revient à sa position première.

En faisant usage de cet appareil on évite toutes les chances de perte du liquide, soit par fuite du robinet, soit en oubliant de le fermer. On peut l'appliquer à n'importe quel genre de réservoir ; il peut aussi servir à mesurer les liquides, en marquant sur la branche du siphon des degrés indica-

teurs de chaque abaissement. Le flotteur peut être
chargé de poids calculés de manière à faire débiter
par le siphon une quantité donnée de liquide dans
un temps déterminé.

Le siphon simple avec ses godets peut être utilisé pour les mêmes usages que le siphon flotteur.
Dans ce cas, on le suspend au moyen de poulies
au-dessus du barrage ; puis on l'équilibre en dépo-
sant des poids sur une espèce de plateau de balance.
Une fois le siphon amarré, suspendu et équilibré
au-dessus de l'eau, il ne reste, pour faire fonctionner
l'appareil, qu'à rompre l'équilibre. On enlève à
cet effet un des poids du plateau qui s'élève en
devenant plus léger, tandis que le siphon s'enfonce
en déplaçant un volume d'eau équivalent au poids
enlevé ; l'écoulement du liquide commence aussitôt.

Pour rendre cet appareil plus sensible, le volume
de la branche du siphon qui doit plonger dans
l'eau est augmenté afin de pouvoir le mettre plus
rapidement en équilibre, et le faire fonctionner
avec plus de régularité : on voit que cette branche
du siphon agit comme flotteur.

L'appareil peut servir à la fois comme robinet
et comme moyen de mesurer les liquides. Les poids
placés sur le plateau seront à cet effet calculés de
manière qu'en en ôtant un, le siphon débite dans
l'unité de temps prise pour mesure un litre
d'eau ou toute autre quantité déterminée ; en enle-

vant deux poids, le siphon débitera dans le même temps deux litres, et ainsi de suite.

Moyennant cette disposition, la durée de l'écoulement étant connue une simple multiplication donnera la quantité d'eau écoulée. La mesure du temps pourra être indiquée par un sablier compteur à pivot ; une table pourra d'ailleurs être construite, réunissant les divers produits de ces multiplications. On évite par là la nécessité de recourir aux calculs si compliqués de jeaugeage, calculs dont la pratique n'est pas à la portée de tout le monde. Ainsi les directeurs d'usines où l'eau est employée soit comme moteur, soit comme agent mécanique ou chimique, pourront, ainsi que les cultivateurs, se rendre compte des quantités d'eau employées.

Cet appareil appliqué aux barrages fixes ou mobiles peut servir pour déverser les eaux excédantes en quantité variable selon les saisons et en proportion des besoins de l'agriculture ; l'appareil peut s'arrêter de lui-même en temps opportun : on peut ainsi maintenir à volonté les eaux au niveau le mieux approprié aux exigences des usages agricoles.

Pour amorcer les siphons d'un diamètre un peu considérable, une petite ouverture en pas de vis est pratiquée à la partie supérieure ; le siphon est plongé en totalité sous l'eau ; quand tout l'air contenu dans sa capacité s'est dégagé, on ferme l'ouverture au moyen d'une virole à vis munie d'un cuir. Dans le cas où le siphon ne pourrait pas être facilement manœuvré, on l'établirait à demeure. Les deux extrémités étant bouchées hermétiquement, le siphon est entièrement rempli d'eau ; puis on ferme l'ouverture comme on vient de l'expliquer, et l'on débouche les deux extrémités, pour que le siphon puisse fonctionner.

Lorsque le diamètre du siphon est un peu large et que l'écoulement est un peu lent, il arrive quelquefois que le siphon se désamorce par les bulles d'air qui se dégagent de l'eau pendant son ascension, et que ces bulles viennent se loger dans la partie supérieure, finissent à la longue par arrêter tout à fait l'écoulement.

Dans son traité de physique, M. Péclet donne un moyen fort simple de retirer l'air du siphon ; ce moyen consiste à visser à la partie supérieure du siphon un petit réservoir muni de deux robinets, l'un en bas, l'autre en haut. On remplit d'eau le petit réservoir ; on ferme le robinet supérieur, tandis qu'on ouvre le robinet inférieur ; l'air monte dans le réservoir pendant que l'eau descend. Lorsque l'air est dégagé en totalité, le robinet inférieur est fermé et le réservoir est rempli d'eau ; on ferme le robinet supérieur, puis on ouvre le robinet inférieur. Les bulles, à mesure qu'elles se dégagent, montent immédiatement dans ce vase ; on les en expulse, comme on vient de le dire, en le remplissant d'eau.

Je ne crois pas devoir donner plus d'étendue à ce résumé, qui suffira, je l'espère, pour faire apprécier les avantages résultant de la simplicité du siphon flotteur et du siphon à godets. Plus tard, je me propose de donner plus de développement à ces appareils, et d'en publier des dessins nécessaires à l'intelligence de leur construction.

PREMIÈRE ADDITION. — J'ai construit un nouveau gazomètre, servant de cuve pneumatique et d'aspirateur basé sur le principe du siphon flotteur , pour dégager les gaz d'un mouvement régulier et constant.

Description. — L'appareil se compose à la partie supérieure d'une cuve pneumatique ordinaire ; le gazomètre placé au-dessous fait corps avec la cuve ; il se compose d'un cylindre terminé en cône à sa partie inférieure ; il porte à son extrémité un robinet muni d'une tubulure longue d'un décimètre environ et dont le bout est relevé. La partie supérieure du cylindre porte un tube qui s'élève au niveau de la planchette de la cuve. Ce tube est muni d'un robinet mobile ; un second tube, également à robinet, met en communication l'eau de la cuve avec la partie inférieure du gazomètre. Une tubulure que forme une virole à vis, sert au besoin à introduire un thermomètre dans l'intérieur de l'appareil. Un tube de verre de la hauteur du gazomètre, et communiquant à son intérieur par ses deux extrémités, sert à mesurer le gaz ; un trépied supporte tout l'appareil.

Pour faire usage de ce gazomètre ainsi établi, on commence par le priver absolument de gaz en le remplissant d'eau. Le robinet mobile supérieur étant fermé, et le robinet inférieur étant ouvert, le tube abducteur de la cornue est mis en communication au moyen d'un tube de caoutchouc, avec le robinet mobile qu'on ouvre ; l'eau s'écoule par le robinet inférieur et continue de couler tant que la cornue fournit du gaz.

Pour dégager le gaz de cet appareil, on ouvre le robinet du tube qui conduit l'eau de la cuve à la partie inférieure du gazomètre ; puis le robinet mobile étant ouvert, le gaz se dégage en traversant le même tube par lequel il est entré. S'il s'agit de faire des expériences exigeant l'emploi du chalumeau, l'on peut en visser un sur le robinet même ; le siphon flotteur suffit quand on a besoin seulement d'un dégagement très lent et uniforme. On visse, à cet effet, sur le tube qui conduit l'eau de la cuve dans le gazomètre, un tube droit, d'une hauteur égale à celle de la cuve ; la branche du siphon plonge dans ce tube ; on a vu précédemment comment l'écoulement peut être réglé. Dans cet appareil, le gaz arrive directement par la partie supérieure sans avoir à traverser l'eau ; si le gaz qu'on veut obtenir est un peu soluble dans l'eau il s'y dissoudra en bien moins grande quantité ; et si l'on verse un peu d'huile à la surface du liquide, la dissolution du gaz pourra être nulle.

Avec l'emploi de ce gazomètre, l'absorption d'eau dans la cornue est impossible; il ne peut par conséquent y avoir d'explosion à redouter. Celui qui opère n'est point assujetti à une surveillance minutieuse du feu allumé sous la cornue ; à mesure que le dégagement de gaz augmente, l'écoulement de l'eau devient plus rapide ; l'eau cesse de couler d'elle-même du moment où le gaz cesse de se dégager. Quand le gaz a besoin d'être lavé, on peut lui faire traverser un flacon laveur ; on peut aussi le laver dans l'eau de la cuve, sous un entonnoir communiquant par un tube en caoutchouc avec le robinet mobile.

Si ce gazomètre doit être employé comme aspirateur, on retire le robinet mobile, on le remplace par un tube ouvert aux deux bouts, dont l'un plonge dans l'appareil, jusqu'à 1 centimètre au-dessus du fond. Le tube, recourbé à sa partie supérieure, est muni d'un robinet ; un thermomètre est fixé dans la tubulure. Le vase étant rempli d'eau, on ouvre le robinet supérieur qui communique, par exemple, avec l'appareil que l'air doit traverser, puis on ouvre le robinet inférieur ; l'eau s'écoule à mesure que l'air arrive dans l'appareil d'un mouvement constant et uniforme.

On voit que ce sont en réalité trois appareils

dans un, avec l'avantage de ne pas occuper plus
de place qu'un gazomètre ordinaire.

DEUXIÈME ADDITION. — Je construis aussi des
sabliers-compteurs à double échelle, indiquant,
selon la durée de la chute du sable, les minutes et
les secondes. Ces sabliers sont à l'usage de la pho-
tographie, de la marine, des établissements de
bains, et de toute l'économie domestique. Con-
struits avec beaucoup de précision, ils remplacent
avantageusement la montre à seconde, si indispen-
sable dans une foule d'opérations chimiques et
industrielles; destinés dans le principe à la photo-
graphie, cette branche de la physique les a adoptés
également depuis plusieurs années; je les rappelle
ici parce qu'ils peuvent aussi être utilisés pour la
mesure de l'eau dans les appareils que je viens de
décrire.

Le sablier-compteur se compose essentiellement
d'un tube de verre cylindrique effilé vers son milieu.
Ce tube est fixé dans la rainure d'une petite tablette
sur laquelle sont tracés les degrés des deux échelles.
Une agrafe à chaque extrémité permet de retourner
la tablette au besoin. J'en construis d'autres à
double tablette avec pivot, qui peuvent être fixés à
demeure, et sont moins exposés à être brisés par
accident.

FIN.

TABLE DES MATIÈRES.

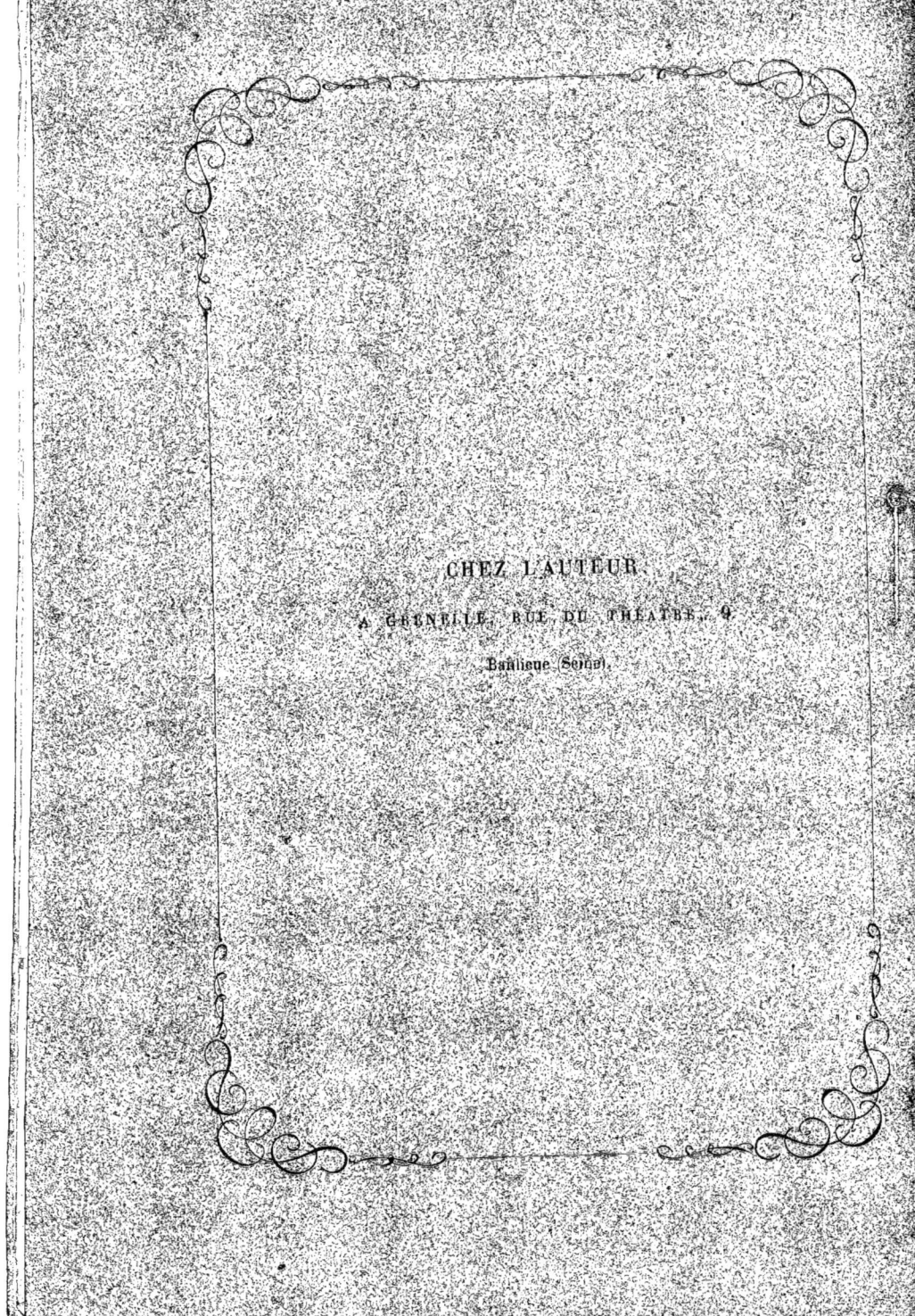

CHEZ L'AUTEUR

A GRENELLE, RUE DU THÉATRE, 4

Banlieue (Seine).

www.ingramcontent.com/pod-product-compliance
Lightning Source LLC
Chambersburg PA
CBHW060841180626
46818CB00004B/1530